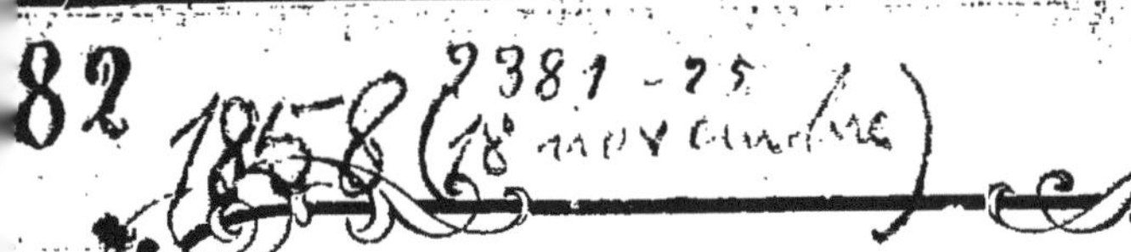

82
1858 2381-75 (18 novembre)
AF500974

CATALOGUE

D'ESTAMPES

COLLECTION

DE

PORTRAITS

[Baudet-Dulary]

RECUEILLIS PAR M. B. D.

DONT LA VENTE AURA LIEU

HOTEL DES COMMISSAIRES - PRISEURS

Rue Drouot, n° 5

SALLE 6, (ANCIENNE SALLE N° 5 BIS.) AU 1er

Le Jeudi 18 Novembre, à une heure

Me **DELBERGUE-CORMONT**, Commissaire-Priseur,
rue de Provence, 8

Assisté de M. **VIGNÈRES**, Marchand d'Estampes
rue de la Monnaie, 13, à l'entresol, entrée rue Baillet, 1
chez lequel se distribue le catalogue

EXPOSITION DES PRINCIPALES PIÈCES

De midi à une heure avant la vente.

1858.

82

Baudet-Dulary

CATALOGUE D'ESTAMPES

COLLECTION

DE

PORTRAITS

RECUEILLIS PAR M. B. D.

DONT LA VENTE AURA LIEU

HOTEL DES COMMISSAIRES-PRISEURS

Rue Drouot, n° 5

SALLE 6, (ANCIENNE SALLE N° 5 BIS,) AU 1er

Le Jeudi 18 Novembre, à une heure

Me **DELBERGUE-CORMONT**, Commissaire-Priseur,
rue de Provence, 8

Assisté de M. **VIGNÈRES**, Marchand d'Estampes
rue de la Monnaie, 13, à l'entresol, entrée rue Baillet. 1
chez lequel se distribue le catalogue

EXPOSITION DES PRINCIPALES PIÈCES

De midi à une heure avant la vente.

1858.

Cette Collection est composée de très-belles épreuves, malheureusement beaucoup ont été coupées et rognées pour les réduire à la petite dimension des portefeuilles, tous les portraits dont l'on a désigné les noms d'artistes sont entiers, à moins d'indication contraire.

Les numéros contenant plusieurs personnages pourront être divisés.

ORDRE DE LA VACATION

	300, 299, 298.
Classification par professions. . . .	283 à 297.
Ordre alphabétique général.	129 à 282.
Autographes, Dessins, Portraits par graveurs, Artistes, Femmes célèbres.	1 à 128.

On commencera à 1 heure précise.

AU COMPTANT

Cinq pour cent en plus des enchères applicables aux frais.

M. VIGNÈRES, faisant la Vente, se charge des Commissions.

[illegible]

[illegible]

DÉSIGNATION

1 **Autographes.** Boyer, médecin, 1823, avec port.
— Philarète Chales, avec portrait.
— Michel Chevalier, avec portrait.
— Tony Johannot, avec eau-forte, soirée d'artiste.
— Lamartine, avec portrait.
— Laplace, avec portrait.

DESSINS PAR M. B. D.

2 — D'Arusmont et miss Wright, son épouse, avec autographe.
— Jérémie Bentham, d'ap. David.
— Bertrand, général, et lithog. 2 p.
— Raymond Brucker. Michel Raymond, avec autographe.
— Gaudeau, bibliothécaire à Blois.
— Jean Journet. 2 dessins.
— Lamennais, et 2 lithog. 3 p.
— Lascazes, en 1831 et 1832. 3 dessins.
— Philippe V. Dessin et gravure. 2 p.

3 **Députés,** 1831-1832, dessins d'après nature. Caminade, Jaubert, Marchal, Poule, Galabert, général de Marcay, Charles Comte, Faure, Laurence, Mauguin, Cousin d'après David.

4 **Médecins,** dessins. Alleaume doyen, Barthez, Chicoyneau, Thouvenel.

PORTRAITS

CLASSÉS PAR GRAVEURS

5 **Balechou**, le père Porée. Rare.

6 **Boulanger**. Mlle Legras. Très-belle ép.

7 **Cochin** (Par et d'après). Boucher, Caylus, Cochin, Coustou, Duclos, Hallé, Parrocel, Restout, etc. 18 p.

8 **Dyck** (Van). Jean Brevgel, Adam van Noort, peintres, — Lucas Vorsterman, graveur. 3 beaux portraits à l'eau-forte.

9 — (D'après). Portraits de peintres et autres par Bolwert, Galle, etc. 16 p.

10 **Edelinck** (Gaspard-François). François Ximenès, cardinal. Superbe ép.

11 **Edelinck** (Gérard). Réné Descartes. R. D. 181. 1er état. Superbe ép. marge.

12 — Guillaume Du Vair, garde des sceaux. R. D. 194. — Fléchier, 205. — Nicolas Le Fèvre, précepteur de Louis XIII. 240. — Pelisson. 291. — 4 portraits.

13 — Pierre II, roi de Portugal. 296. — Curvo Semmedo, médecin portugais. 176. 2 belles ép.

14 **Edelinck** (Nicolas). Adrien Baillet et par J. Audran. 2 portr.

15 — Marie de Rabutin Chantal, marquise de Sévigné. Très-belle ép. et 2 autres portr. 3 p.

16 **Ficquet**. Chenevière, Corneille, Maintenon, Regnard, Vadé. 5 portr.

17 **Houbraken**. Alberti, avant l. l., Albinus, Anson, Christian, Grotius, etc. 9 p.

ait 5 ~~August~~

ait 5

alin 12.

olert 20

ung 8

[illegible]

Ogier 3

Drug. 3. Soleil 2 a 3 [illegible] 2

Weigel . 150.

Drug 20

Julien 20 Drug. 7

Julien 11 Drug 5

Drug 7.

[illegible] Savy 3.50 Drug 10

18 **Lasne** (Michel). Pierre Corneille. Belle ép.

19 — Etienne Binet. Très-belle ép.

20 — Caussin, jésuite, et autres, 5 p.

21 — Michel Le Masle, Marcassus, Urbain VIII, etc. 4 portr.

22 **Leoni** (Octavio). Ciampolus, O. Leoni, M. Provenzalis, C. Ronchalis, Ant. Tempesta et autres, 9 portr.

23 **Lombard.** Jean Daillée, Desmarais de Saint-Serlin. 2 portr.

24 **Mellan.** Bentivoglio, Condren, Faure, Fabri de Peiresc, Marolles et Mellan. 8 p.

25 **Mercuri.** Les Moissonneurs dans les Marais Pontins, d'ap. Léopold Robert. Sup. ép. avant la l., sur Chine.

26 **Morin.** Angoulême (Charles de Valois, duc d'). R. D. 81. Belle ép.

27 — Arnauld d'Andilly (Robert). R. D. 42. Très-belle ép.

28 — Bentivoglio (Guido), cardinal. R. D. 43. Sup. ép. avant le cuivre nettoyé.

29 — Borromée (Saint-Charles). R. D. 45. Belle ép.

30 — Mercier (Jacques Le), architecte. R. D. 69. Belle ép.

31 — Thou (Augustin de), président au Parlement. R. D. 77.

32 — Thou (Christophe de). R. D. 78. Belle ép.

33 — Villemonté (François de). R. D. 86. Belle ép.

34 — Brachet de la Milletière, Choiseul, Franck, Louis XIII, H. de Guise, Omer Talon, Vitré. Ces 7 portraits sont coupés.

35 **Nanteuil.** Christine, reine de Suède, R. D. 67. Belle ép.

36 — Fouquet (Nicolas). 98. Belle ép. coupée.

37 — Jeannin. 112. Belle ép. marge.

38 — Lachambre (Marin Cureau de), médecin. 116. Belle ép.

39 — Lionne (Hugues de). 2e état. — Le même personnage, par Poilly, coupé à l'ovale. 2 portr.

40 — Sarrazin (J. F.), homme de lettres. 220. Belle.

41 — Scudéry (Georges), académicien. 221. Très-belle.

42 — Bouthillier (Victor le), archevêque de Tours. 1er état. R. D. 55. — Guebriant. 104. — Ferdinand de Neufville, évêque de Chartres. 204. — 3 portr.

43 **Pontius** (P.), d'apr. Van Dyck. Portraits d'artistes et autres personnages. 15 p.

44 — Rubens, et par A. Lutma, Scaglia, avec G. H. 3 portr.

45 — Gevartius, Otto Venius, Vorstius. 3 portr d'ap. divers.

46 **Saint-Aubin** (Augustin de). Beaumarchais, Bignon, Condorcet, Diderot, Helvétius, Lalande, Pierre, Piron, Raynal, etc. 15 p.

47 **Schuppen** (Van). De Barcos, Lesueur, Lingendes. 3 portr.

48 **Suyderhoef**. L. de Dieu, D. Heinsius, de Rede, A. Rivet, Spanheim, Winsemius, Zuerius. Plusieurs sont très-beaux. 8 p.

[illegible]

[illegible]

[illegible]lian 9

[illegible]olet ([illegible] 15)

[illegible]lid 5

[illegible]reg. 15

Dnyo

Gelb Lp. 5

Water

Lavy 5 Dnyo. 2

Antoin 6 Dny. 250

49 **Vorsterman** (L.), d'ap. Van Dyck. Portraits de peintres et graveurs. 16 p.
— Charles de Bourbon, connétable. Bon portr.

50 **Watelet** (C. H.). Chevert, Copette, Crébillon, Pierre, Sommery, Turgot, Watelet, dont celui par Poloneeau. En tout, 9 p.

PORTRAITS

CLASSÉS PAR PROFESSION

PAR ORDRE ALPHABÉTIQUE

51 **Artistes, B. D.** se ipsum, avec composition des Chevaliers noirs. 2 dessins à la sépia.

52 — Beethoven, Fréd. Chopin, Couperin, organiste. 2 dessins et physionotrace. Fréd. Lemaître, dessin et lith. 7 p.

53 **Andre del Sarte**, par Esquirel, Morel, Saunders, etc. 7 p.

54 **Bernin**, par Cheron, Ot. Leoni, etc. 6 p.

55 **Bonnington**, d'ap. lui par M. Villot. Cathédrale Notre-Dame de Rouen, avant l'incendie, 1822. Lithog., etc. 3 p.

56 **Boucher** (F.). 3 portr. et sujets. — **Chardin**. 5 portr. et sujets. 8 p.

57 **Callot**. 4 portr. et 2 p., dont saint Jean. 6 p.

58 **Canova**, par Fontana, Merz, Pradier, avant l. l., Saunders, etc. 7 p.

59 **Carrache** (Les). 12 portr. et p.

60 **Champagne** (Ph. de). Oleszynski, etc. 6 p.

61 **Chodowieckt**, par Arnold, Geyser, etc. 4 p.

62 **Couston** (Guil). Dessin, profil à la sanguine d'après nature, etc. 2 p.

63 **Coypel** (Les), par Sarrabat et autres. 6 p.

64 **David,** par Bourgeois, Leroux, Potrelle et autres. 7 p.

65 **Denon,** par lui-même, Brunet, Dutertre, etc. 4 p.

66 **Dow** (Gérard), par Defrey, Schalcken, etc. 4 p.

67 **Dujardin** (K.), par Sotomayor, avant la lettre et l'eau-forte du champ de bataille. 3 p.

68 **Du Quesnoy** (le Flamand), sculpteur, par Ardell et autres. 3 p.

69 **Flaxman,** par Daniel, et sujets. 4 p.

70 **Gelée** (Claude Lorrain), par Boydell et autres sujets. 6 p.

71 **Géricault,** dessin d'ap. le plâtre, et autres lithog. par et d'après, signature. 5 p

72 **Gessner** (Salomon), par Bause, Haid, Lips, Saint-Aubin, etc. 9 p.

73 **Girodet,** dessin d'ap. le Musée de Versailles, et autres. 8 p.

74 **Greuze**, par Flipart, et sujet. 2 p.

75 **Gros** (Baron), peintre, 2 dessins tirés du Musée de Versailles et autres, et une lithog. par lui. 6 p.

76 **Guerchin,** par Ottavio Leoni, Rosaspina et autres. 7 p.

77 **Guido Reni,** par Morghen et autres. 8 p.

78 **Hogarth**. 6 portraits et sujets.

79 **Holbein,** par Sandrart, Vorsterman, et autres. 11 p.

80 **Jules Romain,** Campiglia, Veber, etc. 9 p.

ne. 3.

Burty 1. Renouv. 3. Ing.

Ing

81 **Kauffmann** (Ang.), Bartolozzi, etc. 4 p.
82 **Kneller**, peintre. 6 portr. différents.
83 **Latresse**, par Schenck et autres. 4 p.
84 **Le Brun**. 3 portr., 2 batailles par Leclerc, et son portrait. 6 p.
85 **Louthlerbourg**, avec son eau-forte la Boutique d'un barbier. 2 p.
86 **Lucas de Leyde**. Le Seigneur et la Dame et 3 portraits. 4 p.
87 **Maratte** (Carle). Mariage de Sainte-Catherine, eau-forte et 3 portraits. 4 p.
88 **Marc-Antoine Raimondi**. La Foi, la Vierge sur les nues et 4 portr. 6 p.
89 **Mengs**, par Cunego et autres, 8 p.
90 **Michel Ange**, par Mantuan, Longhi et autres, Jugement dernier, de Léonard Gaultier. 14 p.
91 **Mignard**, 5 portraits et sujet.
92 **Murillo**, par Rich. Collin, etc. 3 p.
93 **Overbeeck**. Portraits et sujets. 5 p.
94 **Parmesan**. Portraits et sujets. 5 p.
95 **Poussin** (N.). Portraits et sujets. 13 p.
96 **Prudhon** étant jeune, par Prudhon fils (rare), et autres sujets. 6 p.
97 — La Famille malheureuse. Lithog. orig. Rare.
98 **Raphael** par Bisi, Muller, Ép. chine, Preisler, etc. et sujets. 26 p.
99 **Rembrandt**. 4 dessins, portraits par M. B. D., lavés à l'encre de Chine, eaux-fortes originales, son portrait à la toque à plume, Grifonnements, Dessinant, Clément de Jonghe, saint Jérôme, etc. 25 p.

100 **Reynolds**, Facius et autres, 5 p.

101 **Ribera**. Portraits et sujets. 7 p.

102 **Richardson**. 3 portr. à l'eau-forte.

103 **Rigaud** (H.). 2 dessins à la sanguine, profils d'après nature et autres. 7 p.

104 **Rubens**, par Dickinson, Facius, Hollar, etc. 14 p.

105 **Salvator Rosa**. Portraits et sujets. 5 p.

106 **Thorwaldsen**, par Heuer, etc. 3 p.

107 **Tintoret** (J. Robusti). 7 portr. et sujet.

108 **Titien**. Portraits et sujets. 15 p.

109 **Van Dyck**, par Pontius et autres. 10 p.

110 **Velasquez**. 3 portraits.

111 **Vernet** (Joseph). Cathelin, Nicolet, etc. 5 p.

112 **Vernet** (Carle), H. Dupont, et lithog. 6 p.

113 **Vernet** (Horace), Boilly, A. Menut, etc. 5 p.

114 **Vinci** (Léonard de). 9 portr. et sujets.

115 **Vouet** (Simon). 7 portr. et sujets.

116 **West** (Benjamin). 15 portr. et sujets.

117 **Wilkie**. 4 portr. et sujet.

FEMMES CÉLÈBRES

118 **Cenci** (Béatrice), par Cunego, Folo. 3 p.

119 **Christine** de Suède, Tanjé et autres. 8 portr.

120 **Elisabeth** d'Angleterre. 7 portr.

121 **Médicis** (Catherine et Marie de), 8 portr. dont un publié en 1567.

Img. 7.
[illegible]

Drug

Drug

122 **Marie-Antoinette**, reine de France. 4 p.
123 **Marie Ire** d'Angleterre. 6 portr. dont un dessin.
124 **Ninon de l'Enclos**, par Pigeot, Schmidt. 2 p.
125 **Roland** (M. et Mme). 7 portr. dont un dessin.
126 **Sand** (Georges), par Calamatta, Desmadryl. 2 p.
127 **Schurman** (Anna-Maria). 4 p.
128 **Stael** (Mme de). 6 portraits.

CLASSIFICATION GÉNÉRALE

PORTRAITS

Écrivains, Hommes d'État, de guerre, Rois, Princes, Savants, etc., etc.,

PAR ORDRE ALPHABÉTIQUE

129 **Addisson** (Joseph). Poëte et auteur dramatique, 5 portr. différents, manière noire et autre.
130 **Albe** (Duc d'), par P. de Jode et autres. 11 p.
131 **Alembert** (Jean Le Rond d'), académicien, par Dupin, Maleuvre, Saint-Aubin, Watelet, etc. 9 p.
132 **Alexandre Ier**, empereur de Russie, par Lignon, Massard, etc. 7 p.
133 **Alfieri** (Vittorio), par Anderloni, Bettelini, etc. 6 p.
134 **Arago** (Dom. F. J.), par Sixdeniers, etc. 6 p.
135 **Arioste** (L.), par Bisi, Bouvier, Larmesin, Sandrart, Éné Vico. 12 p.

136 **Arnault** (Famille des), Antoine, d'Andilly, de Pompone. 8 p.

137 **Azaïs**. 2 portraits et aut sig., 1 page.

138 **Barnevelt** (Jean et Guillaume), par Delff. 2 dessins mine de plomb, etc. 9 portr.

139 **Becker**, par Gole, Schenck, etc. 5 p.

140 **Bembo, Bentivoglio.** 8 portr.

141 **Bernis**, cardinal. 2 dessins tirés du Musée de Versailles, et 2 portraits. 4 p.

142 **Bignon** (Jérôme), Théodore (Jean-Paul). 6 p.

143 **Biron** (Armand et Charles de Gontaut), par Daret, Th. de Leu, etc. 5 p.

144 **Boileau**, par Drevet, Saint-Aubin, Savart, etc. 8 p.

145 **Bonaparte** (Famille). Napoléon général, consul, empereur, son fils, Joseph, Louis, Murat. 38 p.

146 **Borromé** (Saint-Charles), par David, Th. de Leu, Thomassin, etc. 10 p.

147 **Bossuet**, par Chereau, Gantrel, etc. 8 p.

148 **Bouillon** (Cardinal de), Mellan, etc. 5 p.

149 **Bourgogne** (Ducs de). 7 portraits.

150 **Byron** (Lord), par Finden, Lupton, Meyer, Turner, Wedgwood, etc. 9 p.

151 **Cagliostro** (Comte de), dessiné et gravé par Guérin, en pied, par Hoernig, 5 p.

152 **Calvin**, 5 portraits, Melanchton, 4 portr. 9 p.

153 **Charles Ier** d'Angleterre, par Faithorn, Scharp, Vertue et autres, Charles II, par Hollar, etc. 10 p.

154 **Charles Quint**, par Flipart, Steinla et autres. 13 p.

[illegible]

[illegible]

[illegible]

[illegible]

[illegible]
[illegible]

[illegible]

Lapeu 5

Lapeu C Aug. 8

Savy 9

Lapeu

[illegible]

Lapeu E Aug. 7

Aug. 3

155 **Charles II, III, IV,** d'Espagne. 7 p. dont un dessin.

156 **Charles IX,** roi de France, Th. Deleu, et autres. 7 p.

157 **Corday** (Charlotte), en couleur, par Quenedey et par Roy. 2 portr. d'ap. Brard.

158 **Charles XII** de Suède, Bernigeroth, Smith en pied, Tanjé. 4 p.

159 **Chateaubriand,** par Laugier, in-8 et in-4, etc. 2 dessins. 6 p.

160 **Christian II, IV, V, VII,** de Danemarck. 12 p.

161 **Clairaut,** d'après Carmontelle, Cathelin, Watelet, etc. 4 p.

162 **Colomb** (Christophe. Dessin et gravé par Scotto, Mercuri, etc. 6 p.

163 **Condé** (Louis, le Grand). 2 p. Le prince de Condé. 2 p. En tout 7 p.

164 **Constant** (Benjamin). 4 portr. et autog. sig. 1 p.

165 **Conti** (Armand), Louis Armand (Louis-François). 6 p.

166 **Corenhert** (Théodore), poëte et graveur. 5 portraits.

167 **Crébillon** père, par Balechou. — Le Fils, par Saint-Aubin et autres. 5 p.

168 **Cromwell** (Olivier), par Faber, Vermeulen, Vertue, etc. 11 p.

169 **Cuvier** (Georges baron), par Miger et autres. 6 p.

170 **Dante.** Dessin, et gravé par Dien, Garavaglia, etc. 6 p.

171 **Delille** (L'abbé), Cardon, Miger, Saint-Aubin, 8 p.

172 **Descartes,** d'après Halls. 12 p.

173 **Desgenettes** (R.). 6 portraits.

174 **Desrues** (Véritable portr. d'Antoine-François), profil in-4. Rare. — De face dessiné d'ap. nature, gravé par X. et autre. 3 portraits. Rares.

175 **Diderot**, par Cathelin, David, Saint-Aubin. etc. 11 p.

176 **Dubois,** médecin, De Frey, Potrelle, etc., 5 p.

177 **Duperron** d'Ossat, cardinaux, par Léon Gaultier, etc. 8 p.

178 **Durer** (Albert). La Vierge à l'oiseau et 6 portraits. 7 p.

179 **Érasme,** Houbraken et autres. 15 p.

180 **Farnèse** (Alexandre), Guntz, etc. 5 p.

181 **Ferdinand I, II. III,** d'Allemagne. 5 p. — **VI, VII**, d'Espagne, 3 p. — **IV**, des Deux-Siciles. 3 p. dont 1 dessin. 11 p.

182 **Fouquet**. 5 portraits dont 1 dessin.

183 **Fourrier** ([illegible]), par Calamatta. Eau-forte et lith. B. D. 3 portr. et autog. signé. 1 page. Charles

184 **Fox** (Henri), par M. Ardell, etc. 6 p.

185 **François I, II,** rois de France. 11 p. dont 1 dessin d'ap. le marbre de son tombeau.

186 **François de Sales** (Saint), par Firens et Morin, rogné. 2 p.

187 **Franklin,** d'ap. Carmontelle, Chevillet, Saint-Aubin. 4 p.

188 **Fredéric II,** roi de Prusse, par Marais, Tanjé, etc. 17 p.

…ug. 8

…ug. 3.

lib 5

… 5 Drug. 3.

Drug. 3.50.

… 12.

Aug. 1

Aug 5

Aug 16

Aug 5.

Aug. 5

Aug. 5

Aug 8

189 **Fredéric I**, et F. Guil. III. 7 p.

190 **Galilée,** par Cipriani, Heyden, O. Leoni, Villamena. 8 p.

191 **Gall** (Docteur). 8 p. dont 2 dessins.

192 **Garrick** (David), acteur anglais. 7 p.

193 **Georges I, III, IV,** rois d'Angleterre, par Reynolds, Woollett, etc. 14 p.

194 **Gœthe,** dessin, etc., par Hess, Pahl, Steinla, etc. 19 p.

195 **Grétry**. Lettre aut. signée, 26 fév. 1807, etc. 5 p.

196 **Guizot,** dessin d'après nature, 1831, Hedouin, Laugier, Tardieu. 4 p.

197 **Gustave-Wasa, — Adolphe, — III, IV,** rois de Suède. 20 portr.

198 **Haller** (Albrecht), Bause, Tardieu, etc. 10 p.

199 **Harveius** (William), médecin de Charles Ier. 2 p.

200 **Hauy**, par Debucourt et autres. 6 p.

201 **Henri II, III,** rois de France, Thomas de Leu et autres. 7 portr. dont 1 dessin.

202 **Henri IV**, roi de France, Goltzius coupé. Th. de Leu, Morin coupé, et autres. 15 portr. dont 1 dessin.

203 **Henri V, VII, VIII,** rois d'Angleterre, par Guntz, Hollar, Valck, etc. 14 p.

204 **Hoche**. 6 portraits.

205 **Humboldt** (Alex. de), par Collas, Vandramini, etc. 7 p.

206 **Jacques Ier, II, III,** rois d'Angleterre. 8 p.

207 **Jansenius**. 6 portraits.

208 **Jefferson** (Thomas). Dessin, et gravé en couleur par Sokolnicki, d'ap. le dessin de Kosciusko. 6 p.

209 **Joseph II**, par Boizot, John, Lips, etc. 7 p.

210 **Kléber**, par Choffard, Fiesinger, etc. 9 p.

211 **Kosciuszko** (Thaddée), Fiesinger, John, etc. 4 p.

212 **La Bruyère**. 2 dessins tirés du Musée de Versailles, et portr. par Drevet, in-8. Beau. 3 p.

213 **La Fontaine**. 2 dessins, 3 estampes. 5 p.

214 **Lavater** (J. C.), par Haid, Mechel, etc. 15 p.

215 **Léopold Ier, II**, empereurs d'Allemagne. 9 p.

216 **L'Hopital** (Michel de), Boissard, Wierix, etc. 6 p.

217 — François. — Guil. Franç. — P. Galluccio. 4 p.

218 **Linguet**, par Saint-Aubin, Vangelisty. 3 p.

219 **Linnée**, par Bervic, Facius, etc. 5 p.

220 **Lipse** (Juste). 5 portraits.

221 **Locke** (Jean), Guntz, etc. 8 p.

222 **Longueville**, duc et duchesse. 4 p.

223 **Louis XI, XII, XIII**. 12 portraits.

224 **Louis XIV**, Thomassin, Van Schuppen, etc. 24 p.

225 **Louis** dauphin, duc de Bourgogne, Louis XV. 16 p.

226 **Louis XVI** et son père. 17 p. dont 2 dessins.

227 **Louis XVIII** jeune et roi. 14 p.

228 **Luther**, par Aldegrever, Boissard, Sadeler. 10 p.

229 **Machiavel**. 7 portraits dont 1 dessin.

230 **Malesherbes** (Lamoignon). 9 portr.

231 **Malherbe** (François de). 5 portr.

Aug.

Jany

Jany 7 Aug.
Aug.

Aug 8
Jany

232 **Maupertuis,** par Daullé, etc. 3 p.

233 **Maximilien Ier, II,** etc. 11 p.

234 **Mazarin,** cardinal, Mellan, Nanteuil, etc. 15 p.

235 **Médicis** (Famille de). 10 portraits.

236 **Milton** (J.), par Faber, Richardson, Vertue. 14 p.

237 **Mirabeau**, par Copia, Fiesinger, etc. 9 p.

238 **Molé** (Mathieu), Daret, Mellan, Nanteuil. 4 p.

239 **Molière,** par Audran, Habert, Lépicié, Lignon, etc. 12.

240 **Montausier** (Charles de Saint-Maure de). 4 p.

241 **Morus** (Thomas), Guntz et autres. 10 p.

242 **Nassau** (Princes de). 28 portraits.

243 **Necker** (M. et Mme), Delaunay, Saint-Aubin, etc. 6 p.

244 **Newton** (Isaac), Reading et autres. 9 p.

245 **Orléans** de Gaston à Louis-Philippe Ier. 12 p.

246 **Paré** (Ambroise), en bois et autres. 3 p.

247 **Pascal** (Blaise), par Edelinck et autres. 6 p.

248 **Pellico** (Silvio), Blanchard, della Bruna, etc. 4 p.

249 **Philippe II**, d'Espagne, etc. 14 p.

250 **Philippe III, IV, V**, d'Espagne, 12 p.

251 **Pierre Ier** le Grand, par Golo, Langlois, Vandramini, etc. 15 p.

252 **Pitt** (William), par Meyer et autres. 4 p.

253 **Pope,** par Richardson, Wille, etc. 10 p.

254 **Retz** (Cardinal de), Duflos et autres. 8 p.

255 **Richelieu,** cardinal, par Michel Lasne, Tavernier, et son frère par Mellan. 3 p.
— par divers. 10 portraits.

256 **Rossini,** par Coiny, Dupré, Folo, etc. 6 p.

257 **Rousseau** (J.-B. et J.-J.), par Ingouf, Saint-Aubin, etc. 15 p.

258 **Saint-Simon** (Claude Henri comte de). Dessin d'après le plâtre, lithographie d'après nature quelques instants après sa mort. Billet autog. signé. 3 p.

259 **Saint Vincent de Paule**, par Boulanger, Grignon, etc. 7 portr.

260 **Saumaise** (Claude), par Suyderhoef, etc. 3 p.

261 **Savoie** (Maison de). 20 portraits.

262 **Saxe**, Saxe Weimar, etc. 10 p.

263 **Scarpa**, par Anderloni et Garavaglia. 2 p.

264 **Schiller**, Anderloni, Steinla, etc.

265 **Shakespeare**, par Earlom, Turner, Ward, etc. 22 p.

266 **Sidney** (Sir Philip. — Algernon). 6 p.

267 **Sidney-Smith**, par Cosway, etc. 5 p.

268 **Sully** (Max. de Bethune), par Demarcenay, etc. 7 p.

269 **Talon** (Denis). 4 portraits.

270 **Tasso** (Torquato). 6 portraits.

271 **Tromp** (Corneille et Martin). 5 p.

272 **Turenne** et son frère. 8 portr. dont 2 dessins.

273 **Utenbogaert** (Jean), par Rembrandt et autres. 7 p.

274 **Vauban** et **Villars**. 6 portraits.

275 **Vesale** (André), en bois. et autres. 4 p.

276 **Volta**, par Garavaglia.

277 **Voltaire**. Balechou, Saint-Aubin. etc. 15 p.

278 **Vondel**, poëte hollandais, par C. de Vischer, etc. 2 p.

... 20 ...

... 25
... 3
... 15

...ng 8.

...recueil
...ng. 2. ...recueil

...lien 13

28 4 Bar 16p[illegible]

[illegible]

[illegible], 15 Lapere[illegible]

Lap[illegible]

[illegible]

[illegible]

[illegible]

279 **Walter-Scott**, par divers. 9 p.
280 **Washington**, dessin, Blanchard, Tardieu, etc. 15 p.
281 **Wieland** (Ch. Martin), Bause et autres. 7 p.
282 **Ximenès**, cardinal. 4 portraits.

CLASSIFICATION PARTICULIÈRE PAR PROFESSION

283 **Antiques.** 87 portraits dont 4 dessins.
284 **Architectes.** De Chezy, Desvignoles, Dumont, Fautel de Lagny, Mansart, Perrault, Perronet, Percier. Rondelet, etc. 24 p.
285 **Artistes.** Peintres, sculpteurs, graveurs, etc. 450 portraits. Seront divisés.
286 **Acteurs et Actrices.** 33 portraits.
287 **Musiciens.** Compositeurs et exécutants. 39 p.
288 **Divers.** Littérateurs, Rois français et étrangers, Princes, Généraux, Hommes d'Etat, etc., etc. 1.200 portraits. Seront divisés.
289 **Femmes célèbres.** 57 portraits. Seront divisés.
290 **Ecclésiastiques.** 216 portraits. Seront divisés.
291 **Jésuites.** Saint-Ignace de Loyola et Mercurianus, par Wierix; Saint François Borgia, Coster, Sirmond, Petau, Noyelle, Molina, Bellarmin, Lachaise, Bourdaloue, Salmeron, Cajetan, Suares, Oliva, etc. 51 portraits.
292 **Papes.** 64 portraits dont 1 dessin.
293 **Médecins**, chirurgiens, savants, etc. 205 p.
294 **Révolution et Empire.** Députés, généraux et hommes célèbres à cette époque. 120 portraits. Seront divisés.

295 **Orientaux.** Ali-Pacha, Mehemet-Ali, Mourad-Bey, etc. 13 portraits.

296 **Centenaires.** Annibal, Burell, Causeur, Drakenberg, Jacob, Juvénal, Thomas Parr, Mary, Ralphson, Rullier. 9 portraits.

297 **Condamnés.** Bellingham, Daumas Dupin, Ant. Léger, Sarah Malcolm, Soufflard, Lesage, Papavoine. 10 portraits dont 5 dessins.

298 Collection Dejabin. 270 portr. dans un portefeuille. (Députés de l'Assemblée nationale.)

299 Vasari. 225 portraits d'artistes, en bois, dans un portefeuille.

300 Collection composée de diverses classifications de personnages. 925 portraits dans 4 portefeuilles. Sera divisé.

Renou et Maulde, imprimeurs de la Compagnie des Commissaires-Priseurs, rue de Rivoli, 144. 13053

82 Vente Daudet Delary 16

[illegible] Beaux [illegible] 8

4 [illegible] 1

6 [illegible] Saint 2

7 [illegible] 11

11 Schinkel [illegible] [illegible] 11

12 Rigaud J. [illegible] [illegible] 2

13 Crom [illegible] Saint 2

[illegible] [illegible] [illegible] 1

[illegible] [illegible] Saint [illegible]

[illegible] [illegible] 1

[illegible] [illegible] Weigel 100

[illegible] Moreau [illegible] 2

[illegible] [illegible] [illegible] 13

30 [illegible] 11

[illegible] [illegible] [illegible]

46 Saint-Aubin 15

47 [illegible] [illegible] 5 5

48 [illegible] [illegible] 15

50 Watelet Watelet 11

51 R.B. 1

52 [illegible] [illegible] 4

54 Chodowiecki Antoine 3

78-79 Hogarth, [illegible] 5 50

95 [illegible] 4 50

96 Prudhon 6

99 Rembrandt 15

101 Ribera 1

102 Richardson 4

103 Rigaud 3

111, 112, 113 Vernet 6

114 Leonard de Vinci 1

118 Cami 1

119 Christine 4

110 Elisabeth 9

M Lapérie

~~[illegible]~~

24 \ Nimes [illegible]		7	
[illegible] \ Laval		[illegible]	50
30 \ Albi	Brugalm	5	
[illegible] \ [illegible]	Brugalm	1	
1114 \ [illegible]	Lavy	[illegible]	50
149 \ Bourgogne	Lavy	3	50
[illegible] \ Byron	Brugalm	8	
[illegible] \ Charlotte		8	
[illegible] \ Chateaubriand	[illegible]	5	
[illegible] \ Dante		5	
[illegible] \ [illegible]		4	
186. [illegible]		6	
187 \ Franklin	Brugalm	3	
190 \ [illegible]	~~[illegible]~~	2	
192 \ Garrick	Brug.	5	
194 \ Goethe		14	
203 \ Henri VII VIII		4	
204 \ Hoche		1	
206 \ Jacques		4	50
208 \ Jefferson	Brugalm	3	
211 \ Kosciusko	Antoine	5	
212 \ Labruyère		3	50
218 \ Liégeois		1	
219 \ [illegible]		4	50
222 \ Longueville	Ogier	2	
228 \ Luther		14	
230 \ [illegible]		7	
239 Molière	Lavy	4	
240 \ Montesquieu		2	50
246 \ Paris	[illegible]	3	
247 \ Pascal		7	50
257 \ 283. Pitt Pope		3	50
258 Retz		2	50
		176	00

8 \ [illegible]	2	
34 \ Moreau	4	25
36 \ Fouquet	14	
41 [illegible]	2	50
47 \ [illegible]	2	50
86 \ [illegible]	3	50
91 \ Magne	1	50
92 \ [illegible]	1	50
98 \ Daphné	6	50
114 \ [illegible]	6	50
115 \ [illegible]	9	50
138 \ [illegible]	5	25
153 \ [illegible]	[illegible]	50
155 \ Ch. XII	[illegible]	
160 [illegible]	[illegible]	
16[illegible] \ [illegible]	[illegible]	
165 \ [illegible]	16	
166 [illegible]	5	
181 \ Fouquet	1	75
207 \ Jeanne	2	50
209	2	75
224 \ L. XIV	13	50
225 \ [illegible]	5	
238 \ Molé	1	25
242	5	50
243 \ Necker	2	25
249 \ Orléans	9	50
251 \ Pascal	4	
252	4	25
254		
258 \ 100.	15	
[illegible]	14	
[illegible]	50	
300 \ 150	58	
	262	25
	13	15
	275	40
[illegible]	500	
[illegible]	110	

		17[illegible]
2[illegible] [illegible]		1[illegible]
2[illegible] [illegible]	Savy	
2[illegible] Poussin		[illegible]
2[illegible] [illegible]	[illegible]	1[illegible]
[illegible] [illegible]	[illegible]	[illegible]
[illegible] [illegible]		[illegible]
[illegible] [illegible]	[illegible]	1[illegible]
266 267 [illegible]		[illegible]
269 [illegible]	Savy	[illegible]
275 [illegible]	[illegible]	[illegible]
276 [illegible]	[illegible]	[illegible]
277 Voltaire		[illegible]
[illegible] [illegible]	Julien	[illegible]
284 [illegible]	[illegible]	6
285 16 [illegible]	[illegible]	7
2[illegible] 20 [illegible]		[illegible]
2[illegible] [illegible]	[illegible]	1[illegible]
2[illegible] 100		2[illegible]
100		4[illegible]
100		35
100		47
289 femmes		13
290 Ecclésiastique		20
2[illegible] Révolution 40		16
299 [illegible] 436		17
		816

567 0
175 [illegible]
[illegible] 42 [illegible]

57

67

www.ingramcontent.com/pod-product-compliance
Ingram Content Group UK Ltd.
Pitfield, Milton Keynes, MK11 3LW, UK
UKHW012113240726
13965UKWH00004B/1737